短編小説集

かみさまののみもの

目次

かみさまののみもの

かみさまののみもの

妻と離婚をしたのは１９８５年のクリスマスイブだ。役所へ届けをだして、帰りに妻と子と３人でフードコートのミスタードーナツへ寄った。英明が大好きだったからだ。俺があの子に会える最後の日だった。

ファミコンと、店員に勧められたカセットを何本か、プレゼント包装にしてもらっていた。サンタクロースのプレゼントにするつもりだったが、いま渡すしかない。

大きな紙袋をもらって、英明は喜んだものの、包装紙を器用にはがしたあとの箱の中身が何なのか、つかみかねているようだった。子どもの流行りモノを、と思ったが、４歳児にファミコンは早かったらしい。俺はそんなこともよくわかっていなかった。

離婚の原因は、俺がギャンブルに嵌まってしまったから。最初はパチンコから、だんだんと手をだす範囲は広がり、時間も金もつぎこみ、気が付けば借金まみれ。会社は辞めた。ヒラの勤め人で返せる額じゃなかった。

ギャンブルだって、多くの人は趣味の範囲で楽しむ。俺を最初に競馬場へ連れて行った会社の先輩も、金がないと言いながら毎週競馬場に通っていたが、小遣いの範囲で遊び、帰りに残した飲み代で一、二杯やって、平日は出勤していた。それがふつうだ。

俺には、それができなかった。

何も申し開きはできないし、子どもを育てることはおろか、自分の明日の身の振り方から考えなければいけない。なんで俺は先輩みたいにおさめられなかったのか、俺自身が一番知りたい。ギャンブルが各段に面白い、と思っているわけではないのに、ひりつくことに苛立ちながら、次は、次は、と没頭していられることが大事だった。たまに勝つこともあったが、それはそんなに楽しいとも思えない。自分をすり減らしているときのほうが、気持ち悪いのに、奇妙な安心感があった。世の中にもっと楽しいことや大事なことがあることを知っている。でもその何か間違えたら壊れてしまいそうな複雑さへ面と向かって向き合うことの方が怖かった。

この子にホットチョコレートとダブルチョコレート。俺はコーヒー。ケース内のドーナツに目を走らせていた妻が、チョコレートにチョコレート？と嫌そうにつぶやいた。

英明が好きなんだ。これでいいんだ。


さいしょに、英明をミスタードーナツへつれてきたのは、子守を頼まれていたのに、競馬場へともなった帰りだ。長い時間ひとりで待たせて、さすがに気がひけていた。何が食べたい、と聞いたら、チョコレート、と言ったので何も考えずにホットチョコレートとダブルチョコレートを頼んだ。ふだんあまり食べさせてもらえないチョコレートがドーナツになっていること、そして何より飲み物になっていることに、おどろき、思った以上によろこんだ。

「おいしいねえ。かみさまののみものだねえ」

と口のまわりを茶色にして、ニコーっと笑った。
神様の飲み物、なんてどこで思いついたんだろう。

そのあとも時折、英明は俺と出かけたがった。競馬場で英明はうろつきもせず、座ってろと言った場所で持ってきた絵本を何度も繰り返し眺める。たまの子守としては圧倒的に楽だった。しかしこんなの楽しくないだろうと思い一度聞いてみたら、「飽きた」と言っていた。でも、それを我慢するぐらいご褒美の「神様の飲み物」が飲みたいのか、そんなものかと思っていた。
最終レースが終わったら、必ずミスタードーナッへ寄った。子どもでも胃におさまる量のはずだが、ドーナッは食べきるのに、ホットチョコレートは、必ず俺に半分飲ませてから、残りをなめるようにゆっくり飲み切った。名残惜しそうにしているくらいなら全部自分で飲み切ればよいのに、なぜか、かたくなに同じことをくりかえした。甘い。ホットチョコレートは、濃く、ほどよいミルクの香りがした。胃のあたたまる感じがして、嫌じゃなかった。

ファミコンのカセットを、わからないなりに興味深そうに眺めながら、英明はちらちらとこちらの様子をうかがっている。

俺としかきたことのない店に妻も来ていること、プレゼントがあること、変な空気を子どもなりに感じているのだろう。彼に、離婚のことは話していなかった。

ここで別れたら、その後、会うことはない。

「おとうさん、これのんで」

ホットチョコレートのカップをいつものように、俺に押し出してきた。

「おいしい?」

おいしいよ。半分まで飲んで、いつものようにカップを返そうとしたら、ぐいっと押し返された。

「おとうさん、ぜんぶのんで」

今日は、お腹がいっぱいだったのだろうか。

「かみさまののみもの、きょうはげんきになるまでのんで」

おなかいっぱいだったからじゃないのか。

ふいに、彼がなぜ楽しくもない競馬場についてきていたのかを理解した。今までも、俺を心配して、神様の飲み物、元気になるいちばん好きなものを与えてくれていたのか。

この明るい店に、連れてきてもらっていたのは俺の方だったのか。

急に、英明と別れることが怖くなった。

このすこやかな命が与えていてくれた機会を俺はもう逃した。清らかな祈りはむなしく、俺はここから地獄へころがり落ちる。それはもう残念ながら決まっている。俺が選んでしまった。


ホットチョコレートを一息に飲み干した。神様の飲み物が、この子をこれからもずっと守ってくれますように。神様に願う、なんていうのは後にも先にもこのとき限りだった。どうか。この優しい子が、この先もこの優しさを手放すことなく生きていけますように。

毛玉から南極へ

掌編

白猫のキングは、ふかふかなお腹の毛が自慢だ。だけど、最近はユウタがあまりブラシをしてくれなくて、とうとう毛玉がひとつ出来てしまった。

ユウタは最近、従兄のヒデアキが調査へ行った南極で行方不明になったそうで、その知らせを受けて以来、元気をなくして、小学校も休んでいる。時々、ヒデアキがくれた石の標本セットを眺めながら、ため息をついてばかり。

そんなことをしていても、ヒデアキは戻ってこない。それより、キングのお腹にブラシをかけたら、毛玉はなくなる。快適になる。なぜそれがわからない、ユウタ？ キングはユウタにニーニー話しかけてみる。

あのな、ユウタ。ヒトもネコも、できることは、めのまえのことだけなんだ。ヒトはなんだかいろんなどうぐももってるけど、たいしたことはできない。めのまえのことからは、にげられない。ヒデアキもめのまえのひとつひとつをかたづけて、とおくへいったんだ。ユウタはまず、キングのおなかをブラシする。そしてやれることからひとつひとつやるんだ。ヒデアキにあいたい、とおもいながら、ひとつひとつやることをやっていったら、いつか。いつか、ヒデアキにたどりつくよ。

レースのカーテン

掌編

ある朝、おばあさんが起きると、東側の窓のレースのカーテンがまっぷたつに敗れていました。「おやまあ。これはあなたがやったの、シロちゃん?」お婆さんは猫のシロちゃんに聞きました。「オレは知らないよ、にゃあ」。「これは、シマちゃん?」「ぼくは知らないよ、にゃあ」。

実は、おばあさんが眠ってから、シロちゃんとシマちゃんが夜の鬼ごっこをくりひろげていたときに、シマちゃんが思わずカーテンに飛びつき、逃がすものかとシロちゃんが一緒にぶらさがったので、つまりふたりの重みでカーテンはビリビリになったのでした。「そうだ、夜中に黒い猫が来てカーテンをやぶって行ったよ」。悲しそうなおばあさんに、シロちゃんは思わず嘘をつきました。ドアも窓もしまっているし、そんな猫がいないことは一目瞭然です。しかし、おばあさんは「それなら仕方ないねえ」とカーテンをチクチクつくろいはじめました。「黒い猫ちゃんが二度とやぶりたくならないように、ここには黒い猫ちゃんのアップリケをつけてあげましょう」破れたカーテンの左端のほうに、まんまるとした黒い可愛い猫のアップリケがつきました。シロちゃんとシマちゃんは、それを見て、ちょっとうらやましくなってしまいました。

「おばあさん、ごめんなさい。ほんとうはカーテンをやぶいたのはおれたちです」「お手伝いするので、ぼくたちのアップリケもカーテンにつけてください」

おばあさんはにっこり笑うと、シロちゃんとシマちゃんのアップリケもカーテンにつけてあげました。

いま、東側の窓のレースのカーテンには素敵な3匹の猫のアップリケが揺れています。

なめくじ

夕飯のポトフはまだ煮込んでいる最中なのに、サラダを用意している僕の横で、緑子《みどりこ》はガスレンジの前に立ったままジャガイモを小皿によそっては頬張っている。つまみ食いの域はもうとっくに超えていた。そして瓶ビールのおまけでもらった小さなグラスに、とぷとぷ缶ビールをそそいで、いったん目の高さまでもちあげた。

「いただきますよ」

おそい。いただいてますよ、だ。

オモチャのようにチープなグラスはふたくちで空になる。そしてもう一度、のぞきこむように掲げ、少し逡巡してからもう一度ビールを半分くらいそそぐ。ビールは必ず半分まで。何度かその動作がゆっくり繰り返されて、缶ビールは空になった。

緑子が昨日見たという夢の話はそうしてはじまった。

テラスの窓をあけると何匹ものネコがトテトテ室内にはいってくるの。そのうちの1匹の背中がぱっくりと開いた赤い傷口になってたから、のぞき込むと、そこからナメクジがわいてた。えー、ってちょっとこわくなったんだけど、やるしかないか、って傷口に手をいれて、ナメクジを少しずつ剥がしていったよ。

「あら、それはなんだかたいへんだったねえ」

あまり夕食どきに聞きたい感じの夢ではない。

「ネコの傷はキレイにして、私が縫ってあげた。うまく縞もようにステッチしてあげた。でも傷は傷だ」

「背中がばっくりあくほどの重症なら上出来だ」

「痛くなくても、あとが残らなくても、傷は傷だ」

「そうだね」

うちはネコが飼えない賃貸マンションだ。特に緑子がネコを飼いたいといったことはないが、外でみかけたネコにちょっかいをだすことはあった。

「猿からもらったナメクジで、化け物を退治するんだよ」

「え、なんのはなし？」

「にほんむかしばなし」

　旅人が病気の猿を直してやると、猿はお礼にナメクジをくれる。夜、美女にばけた蛇が旅人を食べようとするんだけど、ナメクジを見て逃げていく。

「ナメクジ、よくそのままもらっておくよね。カエルとヘビとナメクジの三すくみなんだろうけど、ナメクジって今ほど嫌われてなかったのかな」

「そんな昔話があったのか」

「そこ？」

「いや、知らんかったから」

　昔話にとくだん興味をもったこともなかったし、ましてナメクジがでてくる話なんて初めて知った。生き物を助けて、化け物に食べられそうになって、恩返しに助けられる話のバリエーションだ。こうした形の話自体は世界中にあるだろう。

「夢だから、とりとめないんだ。ネコもナメクジも。ぜんぶに意味付けはしたくないんだけど、ネコもナメクジも気になってしょうがない」

ポトフをよそっていた小皿も、グラスももう片付けられた。緑子は台所で体育座りをしている。こうなると話は長い。

「小さなことが苦しくなっちゃうんだよ」

ストレスが彼女を苦しめている。そのことは僕も知っている。こういうときは、あまり何も言えない。

体育座りのまま、彼女はスマホをいじりだした。

「神よ、彼らの口の歯を砕いてください。主よ、若獅子の牙を折ってください。」

「今度は何？」

「彼らは水のように流れて消え去り
踏まれた草のように朽ち果て
ナメクジのように溶け
日の光を見ない死産の子となるがよい」

「ずいぶんぶっそうだね」

「聖書だって」

緑子はスマホを床に置いて、首をぐるぐると回した。さいきんは肩がずいぶん凝っている、という。

「ものすごく怒っているね。怒っていて、ナメクジみたいに溶けちゃえばいいって。ナメクジも溶けちゃったらかわいそうだね。でも怒っているんだよ、って言いたくなることはたくさんあるね」

暖かい家があって、おいしいポトフがあって、冷たいビールも飲める。ぼくたちはずいぶん恵まれている。それでも怒りや苦しみに巻き込まれて、傷を負う。

縞模様の縫い跡は緑子の中にもある。

「ナメクジを、私はどこへやろう」

いくつものうねる軟体が、僕の眼にも浮かんだ。思い思いにグネグネと動くそれを、全部溶かしてしまえば楽なのかもしれない。見えないところへ捨てるだけでもいいかもしれない。ただ、それは確実にいて、ネコの背についてやってくる。

生と傷が絡まって、人を立ちすくませる。緑子は回復の途中だ。
明日は、キャベツでお好み焼きをつくろうと思う。緑子がまた夢を見て、
話をするならそれを聞こう。明後日も、その次も、食べて、眠り、生きる。

「女とは、いつも、男のさまたげとなり、男の運命をより不幸なほうへむけるように、生まれついているものです。」

『ギリシア悲劇Ⅳ エウリピデス（下）』

ちくま文庫、松平千秋（訳者代表）、１９８６年

傍点は本書が付した

「女、、女とは」

「女とは？」

ヒュパティア

兄から、ヒュパティアが殺されたと聞いた。いつも通りの朝、彼女が学園へ講義に向かう途中、暴徒に馬車からひきずりおろされたという。遺体もむごたらしく破壊され、焼き払われてしまい、残っていないそうだ。私の大事な友人。美しく、誰よりも聡明だった女性が。

政情は不安定で不穏な空気はあったけれど、アレクサンドリアはそんな野蛮が許される街ではなかったはずだ。

ヒュパティア、天文学、数学、哲学、さまざまな学問に通じ、若くして学園の長として人を教え導いていた。まぶしい人だった。その知性で多くの友人、市民に愛された人。私などは文字を読むのも一苦労した性質で、早々に勉強をあきらめた。その横で、同い年の彼女はまだ小さな頃からニコニコと難解な書物を読み、自身で書きあらわしてもいた。その抜きんでた力と人気は政治的な力もはらみ、彼女の身を案じる声はあった。とはいえ、このようなむごたらしいことになるとは。

ヒュパティアと共に学び、近年はむしろ彼女に教えをこい、学んでいた兄は、彼女を殺害した暴徒に憤り、彼女をとりまいていた状況について、来訪した友人たちと議論をはじめた。

今後の学園について。政治について。キリスト教徒たちについて。

不穏なうわさやさまざまな対立があったことは、彼女ほど情報に通じていない私でも見聞きしていた。

でも、なぜそこに関係する他の人間、兄たちは生きていて、ヒュパティアは死ななければいけなかったのか。

だれも彼女を助けることができなかったのか。

ヒュパティアが男性だったら、最悪の事態にはならなかったのではないか。

私はそれを考えてしまう。

そう、たとえばもし彼女が屈強な男性で、短刀の一つでも帯びていたら。

小さなころ、私たちは兄たちと一緒に転げまわって遊んでいた。ヒュパティアは足が速くて、かけっこをすると、時には兄たちにも勝っていた。時がたち、一緒にかけまわることはしなくなったし、競ったところでヒュパティアや私が勝つことはないだろう。力の差はあるときから明確であって、私たちの柔らかい体は男たちの力強い肉体に敵わない。彼女が男性の肉体をもっていれば、襲われることはあっても、暴漢に少し渡り合い、すきをみて逃げられることはできたのではないか。彼女が非力な女性の肉体でなければ。

ちがう。ちがう。

問題なのは、肉体の非力さではない。

ヒュパティアに近しい兄たちですら、ときおり、冗談めかして彼女を揶揄することがあった。

知性がどれだけ輝いていても、彼女を形づくる骨や肉、この女性という形に対して侮辱されることはあったのだ。

しかし、直接そうした揶揄をうけることがあったときも、ヒュパティアは常に気高くあり、時にユーモラスに相手をたしなめ、場をおさめていた。もし私だったら、どうなっていただろう。きっとおろおろしながら、笑いものになっていたのではないか。彼女のとてつもない知性が、彼女を女性であることの中傷から守っていた。

しかし、私が羨望するそのような知性の勝利の鮮やかさですら、妬みや憎しみ、別の負の感情を一部の人たちに呼び込んでいた。兄に、一度そうした彼女へ向けられる負の感情についてどのように思うのか、話をしてみたことがある。「優れた人に対して、どうしてもやっかむ人間はいる。先人たちも常に苦労してきたことだ。今はとくに彼女の立場に対して、宗教の対立や政治の状況もよくないからなおさらだろう。しかしお前が気にしなくても良いことだよ」と言われた。彼女が女性だから、ということについて、兄は触れなかった。

兄の説明は、それはそれで確かではあるのだろうけれど、やはり、それは男性であっても、まったく同じことがおきたのだろうか。わたしには調べることはできないけれど、どこかで、「ほんとうにそれだけだろうか、彼女は、女性であるからこそ、余計に憎悪を浴び、殺されたのではないか」という考えが、頭を離れない。

ヒュパティアは、どのように思っていたのだろうか。

思えば、私はそれを彼女に尋ねたことはなかった。

毅然としつつにこやかに、どんな問いにもさらりと応答していた彼女。もし私が、女性であることについて問うたら、どのように答えたのだろうか。暴徒に襲われたとき、彼女は周囲に助けを求めたという。一人きりのところではなかったそうだ。しかし、だれも助けられなかった。彼女は何と言ったのだろう。それはどのようにまわりに響いていたのだろう。助けられないことに、彼女はどのような気持ちでいたのだろうか。

そして、その場にもし私がいたら。彼女を救出できたのだろうか。

私はその場にいなかったことを悔やむと同時に、いたとしても助けられなかった自分を想像できる。おそらく、彼女の悲鳴を聞きながら、ただ恐ろしさに立ちすくみ、だれかをよぶことすらできなかったのではないか。

しかし、襲われているのが私で、ヒュパティアがそこにいたのであれば、彼女は自分のことをかえりみず、私のことを助けるために動いただろう。私が力のない、女性だからということと、そのことによってどう行動するかは、本当は選択肢が与えられていたはずなのだ。

彼女という人間のすばらしさばかりが思い出される。

ヒュパティアの気高さはその身体を超えたところにあった。

しかし、彼女と違い、私はこの女性という形状の非力さにとらわれており、その意味では、私は彼女を中傷していた人間、殺した人間と同じなのではないだろうか。

ヒュパティアがもういない、その空虚と悲しみに次々と後悔が押し寄せる。そのことにただ、私は理由を見つけたいだけかもしれない。

兄たちはまだ議論を続けている。いかなる政治的混乱や社会の変化があっても、彼女の功績は輝かしく、後世に残るだろう、と。

そうだろうか。

そうだといい。

私はこれからも変わらず彼女を失った愚かな人間として生きていくだろ

う。その小さな生が終えた千年ののち、2千年ののち、彼女のような素晴らしい人間がいたこと、彼女が証ししたことが残り、その世界では、だれもむごたらしく殺されない、そして第二の第三のさまざまなヒュパティアたちが輝いている、そんな世界であればいい。

ヒュパティア(350年から370年頃－415年3月)は、東ローマ時代のエジプトで活動したギリシャ系の数学者・天文学者・新プラトン主義哲学者。〔…〕415年、暴徒(5世紀の教会史家ソクラテス＝スコラティコスはキリスト教徒ペトロスに率いられた暴徒としている)によって殺害された。エドワード・ギボンは「四旬節のある日、総司教キュリロスらが馬車で学園に向かっていたヒュパティアを馬車から引きずりおろし、教会に連れ込んだあと、彼女を裸にして、カキの貝殻で生きたまま彼女の肉を骨から削ぎ落として殺害した」と著書の『ローマ帝国衰亡史』に記している。(「ヒュパティア」2023年10月7日 15:03 UTC版)『ウィキペディア日本語版』)

ハトシェプスト

ハトシェプスト

ハトシェプストさまは嫌なババア、仕事相手だった。忙しいくせに細かいこともやたら気が付いて、こまかくこまかく注意をする。私もずいぶんいろいろ言われた。重たそうな肉をゆらゆらさせ、半分目をつぶりながら、それでもビシビシと、的確に。

クソいそがしいのに、いちいちそんなことまでやりきらないよ、と思うのだけれど、どんなこともハトシェプストさまはぜーんぶ把握されていて、間違いは絶っ対に見逃さなかった。え、それいつ知ったの？と思うような、直接目や耳にされていないようなことでも、ちくいち小言を垂れてきた。

嫌なババアだ。少しも楽をさせてもらえなかった。

おかげで仕事中は緊張感が絶えないし、すごく疲れた。

でも、彼女はそれだけ正しいファラオで、誇り高かった。

病が相当進行していて、体中の痛みは相当強かったらしく、晩年は着替えを手伝うと小さく歯ぎしりをしていた。うちのおばあちゃんも具合が悪い時は同じような感じで私達に当たり散らしていたけれど、仕事にうるさいハトシェプストさまは、自分のことで文句をいうことは絶対にしなかった。

彼女は彼女自身のためではなく、世界が完璧であることを望んでいるだけの、王で、神だった。

だから、私は、今こうしてハトシェプストさまのミイラを担いでいる。

4人がかりとはいえ、うーん、ババア、生きてた頃よりだいぶ軽い。

脂肪、肉、水分、魂《カー》。

死んで、もうそこにないもの。それでも、ハトシェプストさまは多くのものを私たちに残してくれたし、偉大な功績ものちの世に伝わるはずだった。

なんで、こんな墓泥棒みたいな真似をすることに加わっちゃったかな。見つかったら、死刑かな。やめておけばよかった、と考えなくもないけれど、私たちは間違ってない。

私たちは、いま、ハトシェプストさまを守るために、そのミイラをこっそり移している。

ハトシェプストさまと息子のトトメスさまは、仲がよろしかったように思う。私達にはがんがん嫌味な指摘をするハトシェプストさまも、トトメスさまのおっしゃること、なさることには軽くうなずくだけで、口元は、わずかだけれど、微笑んでいた。ときには「えーそれ私たちにだったら怒るよねえ」ということであっても。

厳粛で偉大なる王であり神であるハトシェプストさまの特別は義理の子、兄で夫のトトメス2世さまの妾の子であるトトメス3世さまだけだった。トトメス3世さまも、そうしたハトシェプストさまに感謝なさっているようであったし、その業績を尊敬しておられたはずだ。

ハトシェプストさまの葬儀において、泣き女たちが声を張り上げるのを無表情にみていた一瞬、少し眉を寄せ、軽く鼻をすすりあげるのを、私も、まわりも見逃さなかった。

偉丈夫、ハトシェプストさま自慢のトトメスさまが、公の場でそのような表情をみせることなど、今までかけらもなかったのだから。それを私たちはトトメスさまがハトシェプストさまを慕っていた好ましい証として受け止めていた。けれど、いまトトメスさまがなさっているのは、ハトシェプストさまの功績を「なかったことにする」作業だ。

ハトシェプストさまの功績を刻んだ壁画、柱の美しいレリーフは、いま、トトメスさまの命により、次々に剥がされている。カルナック神殿の改築のため、って言っているけれど、こみあった市場のど真ん中に建て直すのじゃあるまいし、ハトシェプストさまの神殿に手をださなくったって、場所はこの砂の広い大地、領内にいくらだってあるはずじゃないか。

トトメスさまのなさっていることはおかしい。

とはいえ、私達も少しは知っている。これはたぶん、神官たちの差し金であることを。トトメスさまの今のお気持ちはわからない。神官たちだけでもできる事業じゃない。でも、ずっとハトシェプストさまのことをよく思っていなかった奴らが、ハトシェプストさまのことを「なかったこと」にしようとしていることは、私達も知っている。

「女だから」

神官たちは、ハトシェプストさまがいかな功績をのこされようと、「女が王というのはただしくない」と言って、非難していた。「女だから」、何がダメだ、っていうんだろう。私たちは男たちの10分の1も自由に行動できない。家督を継げたって、家を存続させるための形だけの話だ。仕事はすべて男が担い、男の都合にあわせて私たちは配置されるだけだ。

でも、ハトシェプストさまは違った。王の妃となり、王の母となる、それだって十分な栄華であるのに、ご自分で差配をされることを望まれた。どんな細かいことも全て、正しく。その正しさに、男たちは、官僚も貴族も神官も従わざるを得なかった。ハトシェプストさまが生きている間は。

ハトシェプストさまは、感じの悪いババアだった。でも、だれよりも完璧な王だったじゃないか。それで何がいけないというのだろう。

伝統？　神さまたちがお怒りになる？　ハトシェプストさまが悪いことをしているのなら、神様は直接罰もくだせたはずじゃないか。神官ごときが、神に祝福されたファラオに、神の名を借りて悪く言う方が、よっぽど罰当たりじゃないか。

先々王のトトメス1世さまは勇猛な方だった。そのおかげで我が国は豊かになったという。けれど、2軒となりのおばあさんは、その遠征で息子を亡くしたことを今も嘆いている。ハトシェプストさまは戦争をなさらずに外交で国を豊かにされた。だれも、傷つかなかった。私の母は羽根を扇のように背一杯にひろげる東の鳥を、貿易商の市でみたそうだ。それはそれは優雅でキラキラ輝いていた、と何度も語っていた。見たことのない布、見たことのない石。先々王は嘆きを残したが、ハトシェプストさまは私の母をはじめ、多くの市民に美しい夢を残した。

トトメスさまもお小さい時から聡明な方でいらした。ハトシェプストさまのお側でそのまま学んでおられたら、同じようなお仕事をされておられただろうか。

　しかし、トトメスさまは軍に身を置かれることが多かった。頭が良いだけでなく、お体も健やかなトトメスさまは、そこでも利発さを発揮された。戦闘、軍の運営に長けたトトメスさまは、ハトシェプストさまが亡くなられてから、積極的に遠征へ出られた。トトメスさまは勝利され、国は順調に栄えているし、私もその恩恵にあずかっている。

　けれど、遠征のたびに、帰ってこない人も増えている。先々王のときと同じ、嘆きが私たちのあいだに生まれている。帰ってこない家族のために泣く人たちを見るのは悲しいし、どのように遠い異国の地で死んでいったのか、ちゃんと弔われてアヌビス神のところへたどり着けたのか、気になってしまう。

　はっきりいえば、遠征は、戦争はなんだか嫌なのだ。ぜったい、外で口にはしないけれど。そして、豊かになっているのだから、やっぱり今さら、ハトシェプストさまの功績をどうこうする必要なんてないはずだ。

　神官も。トトメスさまも。

「女だから」なんだというのだろう。

だから、私たちは――女官たちは――ハトシェプストさまの悪口を言いながら、おそらく今後狙われるであろうハトシェプストさまのミイラを守ることにした。

私たちの女王を、心臓を、彼らの好きにはさせない。

これは、ばれたら大変なことだ。苦労したババア相手に、なんでこんなことを、と思うけれど、ハトシェプストさまの壁画が壊されるたびに、まるで自分が壊されるように、胸が痛んだ。ハトシェプストさまが、いまさらどうなったって私には関係ないはずだけれど、この痛みは「自分のことだ」と感じたのだ。ハトシェプストさまは乳母さまの墓に移す。今回の計画に加わっている古い女官が、その入り口を知っていた。

みんな無言だ。

だいぶん軽いな、と思ったミイラもしばらく抱えていると重量を感じてくる。しかも、私はほかの人はもっていない荷物も背負っていた。

汗だくになりながら、なんとか運び出して荷車に載せた。墓の見回りがくるまでにここを離れなければいけない。

私はどさっと担いだ荷物もおろした。

「これっ、ハトシェプストさまの上に物をおかないっ」

ハトシェプストさまを熱烈に慕っていた女官に、小声で叱られたけれど、私は肩をすくめるだけだった。女官も気がせいているのか、それ以上は特に何も言わない。

でも、いいんだよ。

私がもってきた袋の中身は、ガチョウとドライフルーツ。食べ物のミイラだ。死者が、死者の国を旅する途中で必要な食事。

ハトシェプストさまは厳格な方だったけれど、あれだけ太ったのも、おいしいものには目がない方だったからだ。食料を何ももたずに死者の国へ行ったら、空腹で大変だろう。宮殿で出していたようなごちそうは用意できなかったけれど、ちょっとはマシなはず。

ほかの女官たちはこの計画自体の準備がたいへんそうで、死者の食べ物まで気が回らなそうだった。だから、ちょっと気をきかせてやった。いつか私が老いて現世から離れ、死者の国へ行って、そこでハトシェプストさまに会えたら、これはほめてくれるんじゃないかな。そして、私はまた死者の国で、あの聡明な女性に仕えよう。

偉大なるラーよ、オシリスよ、イシスよ。

どうかそれまで、またその後も、この素晴らしい女性を、その功績を、お守りください。

ハトシェプスト

ハトシェプストは、エジプト第18王朝の王妃およびファラオ（在位：紀元前1479年頃－紀元前1458年頃）。〔…〕治世は穏健で、戦争を好まずに平和外交によって統治した。ハトシェプストの死後に事跡はトトメス3世によって抹消されたという解釈が一般的だが、エジプト人の考古学者ザヒ・ハワスは、ハトシェプストとトトメス3世の仲は良好で、事跡を抹消したのは女性であるハトシェプストがファラオとして君臨したことを快く思わない者たちではないか、と発言している。（「ハトシェプスト」2023年10月7日15:35 UTC版『ウィキペディア日本語版』）

王家の谷の第20号墓がハトシェプストの墓として1903年に見つかっていたが棺の中は空で、身分の低い墓と見られていた第60号墓の棺に納められた遺体と床の上にあったミイラのうち、床の上のミイラが2007年にハトシェプストと特定したことをエジプト政府が発表した。

クリュムタイムネストラ

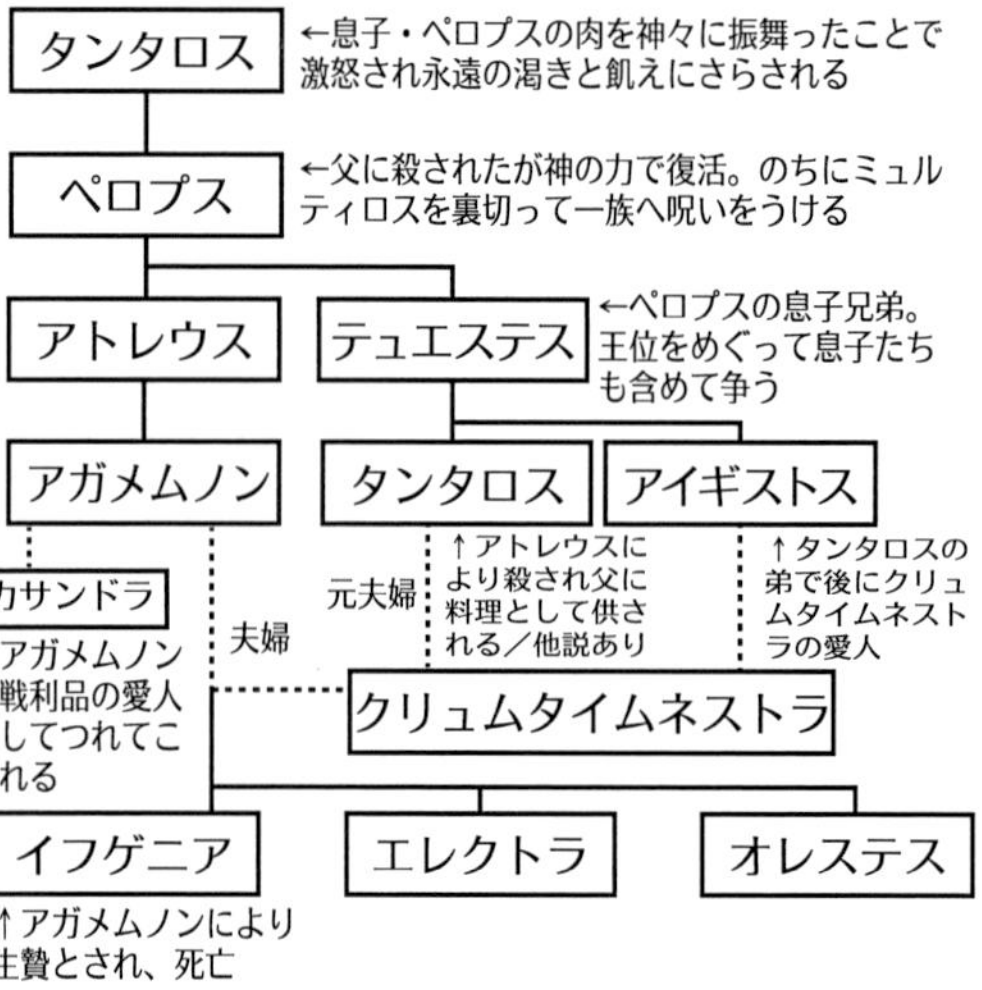
タンタロス
←息子・ペロプスの肉を神々に振舞ったことで激怒され永遠の渇きと飢えにさらされる
ペロプス
←父に殺されたが神の力で復活。のちにミュルティロスを裏切って一族へ呪いをうける
アトレウス
テュエステス
←ペロプスの息子兄弟。王位をめぐって息子たちも含めて争う
アガメムノン
タンタロス
アイギストス
カサンドラ
↑アガメムノンに戦利品の愛人としてつれてこられる
夫婦
元夫婦
↑アトレウスにより殺され父に料理として供される／他説あり
↑タンタロスの弟で後にクリュムタイムネストラの愛人
クリュムタイムネストラ
イフゲニア
エレクトラ
オレステス
↑アガメムノンにより生贄とされ、死亡

《エレクトラ》

母を殺す。

私の母・クリュムタイムネストラは憎しみ・苦しみを一身に引き受け、その連鎖を終わらせようと立ち上がった。もつれあう因果、いくつもの不幸のねじれがみなをしめあげていた。彼女は自らの力でそれを断ち切り、因果の最後を引き受ける。彼女はそれを覚悟して斧をふるった。彼女の思いを完結させるためには、私が彼女を殺さなければならない。

「ぜったいに、ぜったいに、赦さない」

そう思いながら生きてきたクリュムタイムネストラ。彼女や私の記憶や思いが、ただしく後世に伝わることはないかもしれない。彼女は夫殺しの、私は母親殺しの事実だけが面白おかしく喧伝されてゆくのだろう。私たちの手は血に染まっていて、それを良いことだとは思っていないけれど、後悔はしてはいない。このことが少しでも私たちの運命を変え、次の子らは戦う必要がなくなっているといい。
　カサンドラにはどこまでの未来が見えていたのだろうか。冥府で会えたら彼女とも語りあってみたい。

「ぜったいに、ぜったいに、赦さない」

　母は怒っていた。ずっとずっと怒っていた。怒るということは、とてもエネルギーのいることで、母はよく食べるひとであったが、その身にエネルギーが回ってふくよかになることはなく、細い骨ばった指の先は怒りでよく震えていた。エネルギーは常に怒りに変えていた。
　彼女はいつから怒っていたのだろうか。スパルタ王テュンダレオスの娘、双子の兄弟・カストルとポリュデウケスの妹、美しい妹のヘレネーとすごした子ども時代。彼女は幸福であったはずだ。そして花盛りの娘時分。恋人タンタロスと愛し合っていたクリュムタイムネストラはどんなに輝いていたことだろう。そのまま二人で幸せに生きていければよかったのだ。母からタンタロスの話を聞いたことはない。しかし、時折ふと険しい眉間がひらいてぼんやりと遠くを眺めるとき、彼女が昔のことを考えているのだ、愛した人を思い出しているのだ、ということは伝わった。自分の子ではあるけれど、憎んでいる父の子でもある私たちを母がそのように見ることはなかった。

彼女のあり得た幸せな未来はアガメムノンとアガメムノンの父・アトレウスによって破壊された。アガメムノンはタンタロスを殺して、母を妻にした。タンタロスは切り刻まれ、アトレウスはスープにして、タンタロスの父テュエステスの食卓にあげた。

「**ぜったいに、ぜったいに、赦さない**」

タンタロスと同名の父祖・タンタロスは息子のペロプスをスープにして

神々に献上し、永遠に飢渇をあじわう罰を受けた。今も祖タンタロスは冥府のどこかで飢え、渇き続けているのだろう。ペロプスは神々によって復活したけれど、その後のことを考えたら、ペロプスは死者のままでいた方が幸福であったかもしれない。

ペロプスはヒポダメイアに恋して、ヒポダメイアの父オイノマオスを殺し、オイノマオス殺しを手伝った友達ミュルティロスにその報酬を払うのをケチって殺し、ミュルティロスに自身と一族を呪われた。それは私だって呪う。

そして、ペロプスの息子兄弟、アガメムノンの父・アトレウスとテュエステスはミュケナイの王位を争った。アガメムノンがタンタロスを殺したのは、美しいクリュムタイムネストラが欲しかったから、と言われるけれど、それだけで殺した相手をスープにはしない。父同士の因縁、その祖・タンタロスの代からのねじれにねじれた恨みや呪いの到達点が殺害とスープだ。

機織りや裁縫をしていると、どうしたって一度は糸が絡まることがある。その絡まりをほどこうとして、結局余計にからまって、ほどくのに苦労したことはないだろうか。もともとは細くまっすぐな線であるのに、それがいったん交差しはじめ、結び目ができると、ほどくのが容易ではなくなる。苦労しながらひとつの絡まりをほぐすと、新しい絡まりがなぜかできていたりする。爪を立てて硬くなったからまりを解いていると、摺れて弱まった糸が切れていたりする。ようやく解いた糸は折れ跡がついてくちゃくちゃ。幾重にも幾重にも因果は絡まり、もうどうしようもなくなって大きな闘いになった。もうどうしようもなかった？ 因果は絡まり続けるしかなかった？ いや、無理にその絡まりに引きずり込まれた運命もたくさんあった。特に、女たち。災厄は突然訪れ、因果に絡めとられた。祖タンタロスの、ペロプスの非道とその罰にクリュムタイムネストラはなんの関係があったというのだろう。

伯母のヘレネだってそうだ。彼女はただ男たちの思惑に振り回された。パリスに誘拐され、エジプトで保護されていたのにスパルタの男たちはトロイアを蹂躙するだけして、あげくにエジプトでも粗相を働き、逃げ帰るのに手間取って帰国が遅れた。勇ましく語られる武勇伝が勝者だけに都合の良い嘘や誇張であるということ、公けにならなくても私たちは旅人たちからの話で知っている。真実は消せないが、男たちの好き勝手な放言は市中にでまわっている。伯母は男たちを惑わした悪の根源だそうだ。私たちに決められることなんて何もないのもわかっているはずなのに。

それでも果敢にクリュムタイムネストラは、自分の力でその絡まりを解きほぐそうした。ちがう、燃やし尽くそうとした。怒りでもって。

「ぜったいに、ぜったいに、赦さない」

呪われた環境で、父・アガメムノンも辛苦をあじわったのだろう。そのことに同情はしている。しかし、叔父テュエステスはすでに追放されており、ミュケナイの王子としてアガメムノンは安泰であったはずだ。後ろ盾のスパルタ王テュンダレオスの娘・クリュムタイムネストラがタンタロスと恋仲であることで、再びテュエステスが、タンタロスが、アガメムノンをおびやかすと思ったのだろうか。

呪いは、負ければ死を、勝利しても猜疑を生み、いずれにしても苦しむものだ。ミュルティロスはこの惨劇の連鎖にさぞ満足していることだろう！

ペロプスの一族の呪いは、おたがいさまな呪いを遂行していった男たちのほかに、多くの女が、ただただ巻き込まれ、所有され、大事なものを奪われていった。

ミュルティロスがペロプスと約束していたことのひとつはヒポダメイアとの初夜。ヒポダメイアがペロプスのことを、その約束のことを、ミュルティロスのことをどのように思っていたかは伝わっていない。

アトレウスとテュエステスも妻アーエロペーをとりあった。アーエロペーは双方の子を産み、アトレウスとその子たちに、テュエステスとの子どもたちをスープにされた。

クリュムタイムネストラの子、私の姉イフゲニアはアガメムノンに生贄として差し出され、死んでいった。

女たちはみんな、静かに消えていった。

「ぜったいに、ぜったいに、赦さない」

男どもの呪いの運命を、消えていった女たちの怒りを、クリュムタイムネストラはすべてその身に引き受けた。イフゲニアは最後の、大きな引き金だった。

母は自ら斧を手にした。

父の首を、母はスコーンと落としたと言われているが、生きた成人男性の首は、よほど大柄な手練れでもなければ男性であっても落とすことが難しいことは誰でも想像できる。

母の協力者・アイギストスが刺したアガメムノンの体が床に倒れたのち、母は床でゴリゴリと全体重をかけて切り落とした。その時、父にまだ息があったのか、刺し傷で絶命していたのかはわからない。倒れて動かない相手の首を落とす、それだってけっして楽な作業ではないけれど、彼女は「**ぜったいに、ぜったいに、赦さない**」という信念を引き受けているのだから、これだけはきちんと彼女の手で終わらせなければいけなかった。

　生活の営みのほとんどすら侍女たちの手を借りるような細い腕の人が、肩を震わせながら、夫だった男の首を自らの力だけで落とした。そばでアイギストスは茫然と立ち尽くしていたという。

　そもそも。

　そもそも、長いあいだ留守にしていたのはアガメムノンだ。手薄な屋敷でアイギストスに犯された。

　そもそも、悲しみをより深くする嘘をついたのはアガメムノンだ。イフゲニアを呼び寄せるのに、卑怯にも嘘をついた。どうせすぐばれるのに、英雄アキレウスと結婚するなんて幸福な嘘を。

　そもそも、たいしたことない狩りの腕を誇ったことで、アルテミスを怒らせたのはアガメムノンだ。なんでその生贄に、イフゲニアがならなければいけなかったのか。

「ぜったいに、ぜったいに、赦さない」

アガメムノンの首を落とした斧で、母はカッサンドラの首を掻き切った。アガメムノンが勝手にトロイアから連れ帰った、予言の力をもつかわいそうな娘。彼女もまた、神に体を与えることを拒んで、だれもその予言を信じない呪いをうけた。

母はその哀れさから解放すべく、彼女を殺した。

母の憐みも理解できるけれど、犠牲者であるカッサンドラに、死の幸福ではなく、生の幸福を味わってもらいたかった。私は彼女にも生きていてほしかった。そして一緒に、アガメムノンやトロイアの男たち、神たちの悪口を言い合いたかった。

そして、私の番だ。

父の側近たちは、とうぜん、母やアイギストスのことを良く思っていない。母もアイギストスをよくおもってはいないが、行きがかり上、彼を手放すことはできない。

母の願いは、私とオレステスが健やかに成長することぐらいだった。大仕事をやりきった母は、疲れて、眠ることが多くなっていた。そんな母を復讐の女神エリニュスたちが優しくなぐさめていた。

私は、オレステスの成人をまって、母の仕事を仕上げなければいけなかった。

母を殺す。そして私も死ぬ。

そこで、ねじれ、運命の糸の絡まりはすべて終わるはずだった。

私は父・アガメムノンを追悼する気持ちはあれど、復讐ということはかけらも思わなかった、むしろ犠牲者は母であり、姉であり、その他多くの女たちだ。父は加害者であり、その死は自分自身の非道が招いたことにすぎない。

母にも生きていてほしかった。

しかし、復讐を超えて、憐みからだとしてもカッサンドラも手にかけた母はまた、きちんと裁かれなければならない。

私に復讐の気持ちはなくともアガメムノンの娘として世間的な義も立ち、カッサンドラの復讐としてエリニュスたちにも義のたつ私にしか、このねじれの仕上げはできなかった。


なのに。

愚かな弟・オレステスが、やってしまった。

母を刺しかけた私からナイフを奪い、留めをさしたのは彼だった。

なんてことを……！

ねじれの終止符を願っていたエリニュスたちは、激怒した。

私でおわるはずだった復讐のねじれはまた男の手によってもちこされ、オレステスはアポロンとアテネに庇護され、さらに復讐を重ねた。捻じれは止まったけれど、戦がやむことはなかった。運命の糸は新たな絡まりをつくりはじめている。

「ぜったいに、ぜったいに、赦さない」

母の怒り、女たちの怒りは今でも、この地上のどこかで燃えている。

《クリュムタイムネストラ》

いつも頭痛がしていた。エリニュスたちの声が常に響く。いや、これは私自身の声か。もうこの怒りが誰のものなのか、わからなくなるときもあった。

私のかわいいイフゲニア。愛しいタンタロス。

その顔を思い出すと、自分の輪郭がくっきりする。

「ぜったいに、ぜったいに、赦さない」

そうだ。私は常に一方的に全てを奪われた。

妹、ヘレネも。美しい彼女を、男たちは勝手にトロフィーとして扱った。あの子の言葉をきちんと聞いた者はあるだろうか。「美しい」、その誉め言葉の中へ残酷に閉じ込めた。

タンタロスも可哀そうな人だった。その不幸は曾祖父のタンタロスからはじまっていた。祖タンタロスは息子ペロプスをシチューにして神々へささげた罪で永遠の罰を与えられた。息子ペロプスは神々の温情で復活したけれど、彼の非道の数々によって、運命の糸は強く捻じれあがった。

復活したペロプス、アガメムノンと私のタンタロスの祖父である彼は嘘と裏切りを重ねすぎた。ここでも、女だ。ピサ王の娘、ヒッポダメイアを取り合ってライバルのオイノマオスを、彼の御者ミュルティロスを裏切らせて追い落とした。それだけでなく、ヒッポダメイアとの初夜や領土を約束していたミュルティロスも約束を守らず、殺した。武力で勝てない、と思ったアルカディオ王は食事に誘っておいて、殺した。卑怯に卑怯を重ねたずるい男。始祖にして父タンタロスにスープにされて、生き返った時、彼はどのように生きようと思い、人生を重ねたのか。もっと穏やかに生きることはできなかったのだろうか。

そうして、私の夫、ペロプスの孫のタンタロスは、また悲劇のスープになってしまった。タンタロスの父・テュエステスにタンタロスを食べさせたのはペロプスの息子、テュエステスの兄、タンタロスの叔父、そしてアガメムノンの父であるアトレウス。また、その他のペロプスの子ども達もそれぞれ血みどろの争いを繰り広げた。祖タンタロスよ！ ペロプスよ！

アガメムノンの首を切り落としているとき、私は会ったことのない祖タンタロス、ペロプスのことを考えていた。あなた方が非道な真似をしなければ、私は今ここでこんなことをしなくてもよかったのではないか。アガメムノンがイフゲニアを生贄にすることも、私のタンタロスを殺すことも、アトレウスとテュエステスが争うこともなかったのではないか。あなた方の絡めた運命の糸を、こうして私がむごたらしい後始末をせずとも済んだのではないか。

愛しいタンタロス。イフゲニア。あなたたちが、何故犠牲とならなければならなかったのか。アガメムノンが何故このような非道を行ったのか。このようなことを、もう繰り返させてはいけない。

アガメムノンの血だまりの中で、アイギストスが腰を抜かしている。この人も、この人の母もまた運命の糸、身勝手な思惑で幾重にも絡めとられた。いま、私が解放してあげよう。

タンタロスの異母弟、アイギストス。父テュエステスが娘ペロピアに産ませた子。テュエステスは「自身の娘とのあいだの子がお前の復讐を遂げる」という神託を受け、顔を隠してペロピアを襲った。顔を隠したのは、父だと知られたらペロピアが子供を産まないことを懸念したのだろう。ペロプスの卑怯さはしっかり引き継がれている。のちにアガメムノンの父・テュエステスの兄であるアトレウスがペロピアを見初め、アイギストスはアトレウスの子として育った。テュエステスがアトレウスに捕まり、アイギストスが殺害を命じられた際に使おうとした剣がペロピアを襲った際、彼女に奪われた剣だとわかり、ペロピアは自分を襲った相手が父だと知り、その剣で自害。アイギストスは母から剣を抜き取り、元凶としてのアトレウスを討ったが、私はアイギストスは母の仇として、父テュエステスも討ち取るべきであったと思う。男は女の復讐を考えない。神託は成就、テュエステスはミュケナイの王になるが、逃げ出したアトレウスの息子・アガメムノンとメネラオスによって、再び王位を追われる。追ったり追われたりの慌ただしい復讐の化かしあい。それでいえば、アガメムノンもその被害者ではある、が……。

アガメムノンの首はすでに気道まで切れているのに、その横の筋肉、骨がなかなか断てない。私は、食事の肉すら自分で切ったことがないのだ。でも、これは私がやり遂げなければいけない。

再び、タンタロスとイフゲニアの顔を思い浮かべる。

イフゲニア。私の愛しいタンタロスとの娘。あの子がなぜアガメムノンの不始末のために死ななければならなかったのか……！

「ぜったいに、ぜったいに、赦さない」

ふたたび、頭にかっと痛みが走り、振り下ろした斧がぼきりと骨を断った。

トロイアへ出征する前の狩りで、彼は自分の腕を「アルテミスもかなわない」と自慢した。大した自信だこと！　案の定怒ったアルテミス様は出航を待つ船へ逆風を吹かせ、出征を邪魔された。その怒りを解くための生贄として、イフゲニアは捧げられた。

しかも！　またしてもペロプスの卑怯さがここでアガメムノンに表れる。彼はイフゲニアを呼び寄せるのに「英雄・アキレウスとの結婚」を持ち出したのだ。使者からの思わぬ吉報にはにかんだあの子の顔。そして、あの岬で事実を知らされた時の蒼白となった顔。気高くも、国のためを思い、ふわりと崖上から身を投げたあの細い背中。そう、最後の顔を私は見ていない。あの子はどのような顔をしていたのだろう。

「ぜったいに、ぜったいに、赦さない」

ああ、ああ、頭が痛い。

《カッサンドラ》

すべて見えていた。呪わしい予言の力で知っていた。私がクリュムタイムネストラに殺されることも。その先も。

男たちはみんな勝手にわたしたちのことを語り、千年2千年先まで私たちは踏みにじられ続ける。

遠く、広く未来を見渡す。砂漠の国。雪の国。海の向こうの森の国。東の果ての小さな島国。どこへ行っても、いつでも、私たちは。

私たちはたくさんの踏みにじられた死者のうえに立ち、そしてやがて自身も死者となり、その上に立つ。どれだけの死者をつみあげたら、天に届くのだろう。

ただ、それでも時折、クリュムタイムネストラのように、怒りの炎を忘れない女たちがいた。彼女たちが怒り、その熱を伝えるとき、私たちは少しずつ救われていった。天に届かなくても、神にならなくても。

過去今未来、たくさんの姉妹たちよ、私たちはどのような力をもち、どのような姿かたちに生まれても、それがたとえ男の体を与えられて生まれたとしても、それぞれの地獄をかかえて、それぞれひとり砂漠の中で孤独でありつつも、それでも私たち姉妹は常に共にある。

イフゲニア、やさしい娘よ。

エレクトラ、悲しい娘よ。

クリュムタイムネストラ、強く怒る女よ。

予言者カサンドラがここに予言する。

私たちは勝利する。

血を越えて進め。

未来を信じよ。

　なぜ小説・物語というフォーマットで文章を綴る習慣が自分にあるのか、あまり理由を考えたことがなかった。幼いころから読書を楽しむこととあわせてゴッコ遊びのときはストーリーを考えたかったし、自然と「うそっこばなし」、物語を書きつけることはお気に入りの行為で、習慣だった。その代わり、私は気が付いたら踊る、とか、気が付いたらサッカーをしている、ということはなかった。趣味嗜好は人それぞれだ。

　一方で、作家という職業があることは知っていたけれど、すべてのサッカー少年がプロ選手を目指すわけではないように、書くことは趣味の範囲だった。しかし、物語を書く、ということは趣味としてはあまりメジャーではなく、一方で職業は知られているせいか「作家を目指しているのか／目指さないのか」ということを頻繁に聞かれるため、いつしか、この趣味はあまり人に話さなくなった。私の趣味がカバディだったら日本では「プロを目指しているのか」とは聞かれなかっただろうから、ある行為が社会的にどのように位置づけられているかということに過ぎない。私は私のためだけに書いていた。基本的には何か着想を得ると物語やキャラクターが勝手に湧いてくる感覚があり、それをスケッチするような気持ちで書き留めている。言語化することに手間取ることはあるが、発想ありきなので、アイデアが詰まるということはなく、一方でアイデアがない時は特に書きたいとは思わないし、無理して書くことはなかった（このあたりもプロを指向しなかった要因）。

しかし、ここ数年、「何か書いてほしい」という依頼を受けることや発表の機会があり、その際に少しずつ作品を発表していた。しかし「何か」と言いつつおそらく多くはエッセイ的なものが求められていて、「小説を書いてください」という依頼にこたえたわけではなく、「何か」だったら小説でもよいか、と依頼者に甘えて発表したものだ。

初出はそれぞれ次の通り。

「かみさまののみもの」（『ミスドスーパーラブ』トーキョーブンミャク、

2022年、「ダブルチョコレート×ホットチョコレート」を改題)
「毛玉から南極へ」(『マルジナリア通信』vol.1、マルジナリア書店、2022年)
「レースのカーテン」(『マルジナリア通信』vol.5、2022年)
「なめくじ」(『マルジナリア通信』vol.2、2022年)
「ヒュパティア」(『わきまえない女たち』森田三枝子さん刊行のZINE、2021年)
「ハトシェプスト」(『反「女性差別カルチャー」読本』タバブックス、2022年)
「クリュムタイムネストラ」書き下ろし

あとがき

「かみさまののみもの」はトーキョーブンミャクの西川タイジさんが「ミスドのZINEをつくりたい」という主旨のツイートをされた瞬間に物語が生まれた。「毛玉から南極へ」はその続きの断片であり、「かみさまののみもの」はどちらかという前日譚にあたり、その後のキャラクターたちによる長編が

1本ある。

「レースのカーテン」は自宅のカーテンを猫に破られたときに生まれた。シロとシマはそのままうちの猫の当て書きだ。

「なめくじ」はさまざまな生物と民話、現代の人間の生活を絡めた連作長編の一部を独立させている。

「ヒュパティア」「ハトシェプスト」はフェミニズムのテーマを頂き、それをうけて今回書き下ろしの「クリュムタイムネストラ」とあわせて3作を一連のものとして、初稿を2021年にまとめて書いた。

今はなき渋谷の東急のプラネタリウムが好きで、子どものころから神話の本をよく読んでいた。おそらく『聖闘士星矢』も流行していた時代だったので、子供向けの読みやすい関連本も入手しやすかったのではないだろうか。残念ながら『聖闘士星矢』自体はあまり印象に残っておらず、立原えりかさんの書かれた子供向けのギリシャ神話などが印象に残っている。そこからしだいに興味の範囲が時代や国を越えて、山岸凉子さん作品、氷室冴子さんの『なんでステキにジャパネスク』などで、神話や歴史を現代的なテーマを織り込んで書く、ということを学んだ。

あとから言い訳がましく恐縮だが、神話や歴史についてはあくまで創作の題材として扱っているため、ある程度は古典や研究書などを調べて記述しているが、神話の内容や歴史的状況、人々の考え方やふるまいを忠実に再現したものではないことはお許し頂きたい。その上で稚拙な部分は私の文責によるものである。

「クリュムタイムネストラ」は、もう少しじっくり中編・長編で書くか、あくまで戯曲的に書くか、表現に迷って何度か書き直している。正直に告白すると、このバージョンも決してこれで完璧とはあまり思っていない。まだ未熟さを痛感しているところだが、ほかの書きたい作品をすでに書き出していて、本作はお蔵入りか寝かせるつもりだったが、「ヒュパティア」「ハトシェプスト」「クリュムタイムネストラ」は3つあわせて発想されたものなので、この機会に発表することとした。

いまは子どもの物語を書いている。ミャンマーのクーデターからは2年が過ぎ、ウクライナ、パレスチナ、スーダン、世界情勢が不安定な中、直接的にも間接的にも子どもの犠牲がやまない。日本でも児童虐待や性加害のニュースが後を絶たない。支援活動は可能な限り携わっている。私が子どもの物語を書くことは、直接的に子どもたちを救うわけではないけれど、子どもについて書かなければいけないという想いがやまない。機会があれば、いつかどこかで、また皆さんのお目にかけることもあるかもしれない。

2刷からの追記　表題作「かみさまののみもの」はギャンブル依存症について扱っている。当事者側からの視点で描いているが、依存症は取り返しがつかないままで良いとは思わないし、問題は個人の弱さではなく、個人の弱さにつけこむ仕組みや救済のなさだ。依存症を産まない、依存になった場合に早期救済される社会であることを望む。

短編小説集

かみさまののみもの

2023年10月25日　第1刷発行

2024年06月30日　第2刷発行

著者　小林えみ

発行者　よはく舎

発行所　東京都府中市片町2-21-9

Printed in Japan

ISBN　978-4-910327-19-8